記憶の推敲

本村俊弘

七月堂

記憶の推敲　目次

記憶の推敲

発光

言葉はわたしの形見
わたしの源
息を吹き込まれて言葉は発芽し
新芽は微光を発する
生命は言葉の光に抱かれ
闇の鎖を解く
言葉は死に楔《くさび》を打ち
胸元の護符となり
夢の中で酸っぱい果実となる

人を住処とする言葉は
行いと真実を天秤《てんびん》に掛け
愛の行方を定め
香ばしい茶葉に似て
人を言葉の森で癒す
腐敗を免れる命の木の葉は
発光する
灰となるまで
言葉を求める旅を
一生続ける詩人よ
冷たく空しい風を
眼と耳と舌に受けながら
灰を蹴散らし

言葉を亡きものにする力に抗《あらが》って
詩人は借りた言葉を
持ち主に返さなければならない
発光する言葉にして

白亜紀の陰

竈《かまど》の内側を覗く月の光は
さ迷う風を身に纏って透明である
梁の上で守宮は
父親の怒声に反り返る
母親がすすり泣く小糠雨の日に白蟻は
子ども部屋の柱を食い潰す
裸体の井戸から月の引力は
瞑想する時間を汲みあげ
銀河宇宙はそっと傾き

家の周りに鶏頭の花を散りばめる
夜の訪れを
未熟な無花果《いちじく》と共に待つ蝙蝠《こうもり》は
重力に逆らいながら翼手に香油を塗る
早起きの蜜蜂は朝の瞬きを持ちかえる
燕は低く
日めくりの暦の上を飛翔する
生い茂る葉叢《はむら》の真ん中で蜻蛉《とんぼ》は
苔むした墓標を発見する
桐の箱に納められた血の結晶は
黒蟻の巣に祀られ
太陽の眼差しに守られる
打ち捨てられた一重瞼《ひとえまぶた》の食器の水で

豊満な入道雲の姉妹たちは水浴びする
よちよち歩きの蔦《つた》は
干し竿の巡礼路を螺旋状に辿り
不動の蜥蜴は五色の光の衣服をお披露目する
野犬の遠吠えに野兎の子どもたちは
白亜紀の陰に身を潜める
漆黒の蜘蛛は記憶の糸を紡ぎ
寝床の真上で
番《つが》いの金蝿を待ち伏せる

春の日

ゆるやかな坂で
赤紫色の薔薇は
輝く棘を見せながら
微笑んでいた
梳《くしけず》る風は山の手から
白波の海へ身を委ねている
左腕に買い物かごを下げた
白粉花《おしろいはな》が群れて
おしゃべりを楽しんでいる

盗賊に変装した羊歯《しだ》の茂みと
知らない女が
海峡の行きかう船に重なったのは
燕の若鳥が喜び勇んで
忘却の神々の国へ
旅立つ前の日だった
星形の窓から見える
鴉の瞬きが
憂鬱な庭師の眸に焼きつく
食卓に並べられた
幾多の出来ごとと時間の調味料が
春の白い敷布に降りかけられる

記憶の推敲

どこからともなく紋白蝶は飛来して
釣鐘草を鳴らす
闇の洪水を知らせるために
鐘の音は銀河の全域に及ぶ
裸で眠る言葉の敷石の上に
荒々しい雨が降る夜明け前に
お前が戻らないことを知る
ぼくは徹夜して
蠟燭の芯となって

身を燃やしながら
お前の臥所《ふしど》を照らしていた
白い百合よ
お前は心を圧《へ》し折られて
水の惑星の外に持ち去られたのだ
肌理細かな巻貝の殻に
記憶は花穂となって巻き付いている
苦艾《にがよもぎ》よ
お前の匂いが疲弊した生命力を鼓舞していた頃
闇の洪水がぼくの睫毛まで濡らしていた
世界は沈黙していた
発酵する山羊のミルクの中で
ぼくたちは戯れていた

見果てぬ愛の形を求めて
原始の大海原へ船出したぼくたち
白妙菊《しろたえぎく》よ
お前の白い姿が蜃気楼に揺れて
古代の海で見た珊瑚の化石へ
姿を変えていく
魔物とは鉤爪《かぎづめ》の時間のことだった
お前の陰毛は石炭紀の森だった
白い産毛に包まれたお前は
闇の洪水の中で
羊歯の悲鳴を聞くだろう
ぼくは黒黴《くろかび》に被われ
お前の名を口ずさむことさえ

できなくなってしまった

ぼくは耐えられない

東日本大震災犠牲者を追悼して

地震と津波で亡くなられた人々を
春の息吹で満たしてください
なすすべもなく津波に飲み込まれていった人々の恐怖を
生まれた時の産湯で癒してください
宇宙規模の災害を前にして
人間には抵抗出来るはずもなく
ただ逃げ惑うのみです
この底知れぬ虚無と絶望の吹雪の中にあって

取り残された人々に生きる力を与えてください
生きる気力を失った人々にこそ
あなたの助けが必要なのです
ぼくたちに助け合う心を与えてください
助け合う勇気がなければ
生きる意味は捨てられるのです
今夜も目を閉じれば不安がつのり
以前とは変わり果てた自分に気づかされる
冷たい海水に浸かったまま
発見されない子供たちの遺体が多数あるのです
愛おしい故郷の景色は消滅し
瓦礫と混乱と荒地に変わり果てた被災地で
眠れぬ夜を過ごすことは

ひとり闇の国に追放されたかのようです
死者たちを前にして
約束出来るものは名乗り出てほしい
かならず復興させると
災厄を目の当たりにして
ぼくは耐えられない
愛がここになければ

祝婚歌

まぶたを閉じれば
幼いふたりが歩いている
幼い時の二人を同時に知るものはいない
ふたりはやっと迷路のような道を抜け出し
出会い
同じ道を歩む
結婚とは実った時間を収穫すること
ふたりがともに力を合わせることで
収穫は意味あるものとなる

実ったものの喜びが
二人の食卓となる
新しい朝にふたりは目覚める
目にするものは見たこともない
輝きを放つ光の花束
そっと耳を澄ませば二人の心が
見つめ合っている
静けさの中で語り合う二人の言葉は
愛に形を与える彫刻家の手
二人が力を合わせることは
飛ぶ鳥の羽を持つこと
世界の真実が
空の高みから

悪戦苦闘する命あるものの営みが
見えるだろう
二人は力を合わせて
光の花束を人々のもとに届け
傷ついた命を癒やし
再び歩ませる
蜃気楼となって一人でいるよりも
語りあい
共に働き
未来の扉を切り開く
二人の手は結ばれ
人々は生きる力を与えられる

夜半に目覚めて

夜半に目覚めて
おまえのことを想う
眠る手がかりを
失ってしまった
身を丸めたぼくがいる
夜明けを待ちながら
おまえは今
何処にいて
何をしているのだろうと

誰彼となく大声で聞いてみたくなる
この夜更けに
この薔薇の静けさの中
おまえの不在は
ぼくの不在なのだと気づかされる
ぼくはいつしか自分に向き合うことをやめてしまった
鏡を両手で打ち砕き
ぼくの眼は何も映すものを見出せない
一緒に時間を食べ
お互いの言葉を味わう生活があった
おまえの不在は
朝の気鬱に似て
手強い

花は枯れ
詩は行方知れず
おまえの髪は
耳元で別れの宴となった
白み始めた手のひらに
おまえの名を木霊させる
響きは性の歓喜の記憶の中で
狂おしく渦巻いて
立ち昇っていく
朝は手持ちの貨幣に姿を変えて
消えてしまったが
おまえの不在は太陽となって
ぼくの正体を暴いてくれた

私は最後まで

九・一一同時多発テロ犠牲者を追悼して

燃え盛るツインタワーから
恐怖が落ちる
黒煙棚引くニューヨークに
絶望が降る
愛する人の心に
涙がこぼれる
火炎から逃れるために
飛び降りる

死ぬためではなく
生きるために
私は飛び降りる
家族のもとに帰るために
地球に向けて
飛び降りる
最後まで生きることを
私はやめなかった
私を知る人たちに
手を振る
私を産んでくれた母に
大きく手を振る
私たちを助けるために

危険を顧みず
駆けつけてくれた人々に
感謝します
恐怖に怯えながらも
私たちを励ましてくれた市民に
感謝します
私を冷たい死者と呼ばないでほしい
最後まで生きることをやめなかった
魂の持主であると認めてほしい
私はツインタワーの上から
故郷《ふるさと》の地へ
帰りを待つあなたの元へ
魂の在りかへ

帰るために
両腕を広げて
飛翔する

辺境

束ねられた古層の記憶を
日影に干しながら
機を織るように繋ぎ合わせていく
人は自己を中心に置き
他者の記憶を隅に追い遣る
語られぬ歴史は忘却の地であり
辺境である
人は旅人へ変貌を遂げ
未来は自他の希求となり

熱き息吹を辺境に求める
後戻り出来ない旅程の地図に
赤い印を留め
憂慮の時を過ごす
嘗て山河に東風は種子をもたらし
言葉の森を育み
果実をもたらした
時は巡り森は砂漠となり
水の言葉を失う
人は嵐の予兆を感じながら
自他の国境を越え
水の言葉を中心に置き
他者の記憶を探求する

未来は茫茫として
海原の底より姿を現し
記憶の潮は渦を巻き
陽はまた昇る

父よ

父よ
僕をもっと優しい人間に
あなたに裏打ちされた親切心に溢れた
正しい人間にしてください
大地に触るほどに撓《たわ》わに実った
リンゴの樹のようにしてください
父よ
常にあなたの言葉を
真実を語れる者にしてください

あなたの光り輝く
言葉の果樹園へ
僕《しもべ》を導いてください

宇宙の歴史

東日本大震災犠牲者を追悼して

わたしたちは今　此処にいます
振り返ればもういません
宇宙は一つの命を語ります
夢は水と火と心で作られます
あなたは夕食の準備に取り掛かります
食卓に並べられた手作りの言葉たちが
命と夢を語りはじめます
わたしたちは今　此処にいます

振り返ればもういません
静かな日の午後にあなたは
入り江の波打ち際で産声をあげました
そよ風がセキショウの葉を揺らし
星座の形をした白鳥の群れが
夢の果実を啄んでいます
琥珀色の夕日が山々の稜線を
小さな手のひらの生命線へ導きます
わたしたちはいま　此処にいます
振り返ればもういません
青白い雷雲が夢を覆い尽くそうと
広がり続けています
通いなれた坂道は大きく揺れ

あなたは生命線を握りしめます
開かれた動かぬ両手に雪が積もり始めます
地上で金星の輝きは失われ
闇の囲いに月は閉じ込められています
わたしたちは今　此処にいます
振り返ればもういません
わたしはあなたの名前を呼び
宇宙の歴史にその命の由来を書きとめます
あなたが光とイヌタデのそばで
猫たちとじゃれていたのを思い出しながら
命と夢が輝きを増して坂道の上から
朝日とともに昇ってくるのを
あなたに知らせたい

思いは伝わらない

現実は遙か遠くを歩いている
思いは伝わらない
僕はいつしか過去に生きる男となった
思いを伝えようとしていたら
現実とはぐれてしまった
周りを見渡すと
過去の夢に取り巻かれていた
必死に話そうとするのだが
伝わらない
亡くなった父を見つけた

お父さん！
と大声で叫んでも
父は振り向きもしないで
ゆっくりと歩き去ってしまった
子どもの頃遊んだ校庭に辿り着いた
幻のような風が舞うだけで
誰もいなかった
僕の伝えたかったことが
風に巻かれて
不穏な空に消えていってしまった
僕は過去に生きる男となった
そして
思いを伝える術をなくしてしまった

結婚する

或る者は泣き
或る者は笑い
あるものは生き延び
あるものは死に絶える
或る者は土の上で眠り
あるものは宇宙で目覚める
或る者は咎められ
あるものは褒め称えられる
或る者は心の手術を受け

あるものは目が見えるようになり
或る者は風のように溜息をつき
あるものは雪のように無言でいる
いつの日か
或る者とあるものが結婚する

空

あなたの空って
どんな空ですか
曇り空ですか
日本晴れですか
それは何時の空ですか
あなたがこの地上に
生まれ落ちた時のものですか
それとも
あなたがこの地上から

解き放たれる時のものですか
あなたに空は
何をプレゼントしましたか
あなたはこの空の下で
愛するものを見つけられましたか

未来の人へ

東日本大震災犠牲者を追悼して

人々は立ち尽くし
無言となった
大津波は子供たちを飲み込み
喜びの時間は跡形もなく砕け散った
太陽の庭は静かに息を潜め
言葉は無数の遺体となり果て
瓦礫に積み重なる
言葉たちが引き潮とともに

大海原へ流されてゆく
言葉は死者となった
未来の人へ言葉を繋ぐために
離散した息吹を掻き集め
手をあわして力を作り
死者の魂を蚕の棺に入れる
絶望の上に家を建てることは出来ない
絶望の下に死者を埋葬することは出来ない
生者だけでなく死者にも等しく
生きる時間がなければならない
生者と死者を区別して未来はなく
希望も生まれない
三月の雪片が桜の蕾を凍らせても

言葉の新芽は光の子供たちによって
未来の大地で
生者と死者を等しく希望で包み
再生させるだろう

海

君は海を見たいと言ってたね
打ち寄せる波は
どれほど時の鐘を
打ち鳴らし続けたことだろう
一人で浜辺に来ても
つい君を探してしまう
僕の心臓は塩辛い海の涙で
溢れてしまう
海は水平線の彼方まで

満ち亘っているのに
君の不在を
埋め合わせることが
出来ない

花

花は人の足下にも
咲いている
そっと身を屈めれば
手の届くところにある
気づかずに人は足早に
通り過ぎて行く
悲しむ人の数に足るように
花は静かに
無言で咲いている

友よ
悲しみの数だけ
花を愛せよ

いつか会える

いつか会える
お前の目に涙があふれる前に
強い風がお前の言葉を吹き消す前に
きっと会える

娘よ
お前が希望そのものとなって生きることが
お前の使命だと知るだろう
時は神様の瞬きのように過ぎてゆく
百年がたち五百年がたち千年が過ぎる

あらゆるものが色あせても
希望は色あせない
いつかきっと会える
お前に
娘よ

約束した言葉

約束した言葉を
どれほど僕は
形に出来ただろうか
君が旅立っていった後に
残された
約束した言葉は
未完成だった
言葉は行き場を失い
迷子の子供となって

不安に押し潰されている
君を失うことが
どんなに大きな痛みであるかを
愛でていた草花が
教えてくれた
約束した言葉は
活きることを渇望している
僕は迷子になった君の子どもを
取り戻すために
朝未き
鳥たちが目覚める前に
黒々とした森へ
分け入った

海馬

おまえは春の滝の
下着を身につけ
月光の岸辺を歩く
月の体現者となったおまえは
貝殻の中を螺旋状にのぼって行き
月齢を刻む
瞳の奥で
新しい命の流星群が降りしきる
おまえの体液が

河口に向けて流れ去ってゆく
野イチゴの
おまえの乳首よ
雲雀であるおまえの鳴く声を
耳元で聞く
真水もはねる
おまえの裸体は
おれの海馬に乗って
記憶の彼方に
届けられる

夜の訪問者

心臓の鼓動が聴こえる
夜更けに
嵐の日の稲妻を伴って
おまえはやってくる
家々を押し倒し
濁流に姿を変え
そして無表情に
わたしの名を呼ぶ
七月の雨降る夜に

耳元で囁く
　わたしは死の女王よ
　　あなたの時間は明日で終わり
日が捲《めく》られる前に
最後の詩句を書き上げよ
百年後の苔むす世界の中で
墓碑銘はなおも生きようとしている

初出一覧

発光	「旋律」二四号　二〇〇九年／平成二一年一二月
白亜紀の陰	「あるるかん」二六号　二〇一〇年／平成二二年一〇月
春の日	「旋律」二五号　二〇一〇年／平成二二年六月
記憶の推敲	「旋律」二〇一三年／平成二五年七月
ぼくは耐えられない	「旋律」二七号　二〇一一年／平成二三年六月（一部改題）
祝婚歌	「あるるかん」二九号　二〇一三年／平成二五年六月
夜半に目覚めて	「あるるかん」二〇号　二〇〇五年／平成一七年一二月
私は最後まで	「旋律」二六号　二〇一〇年／平成二二年一二月
辺境	「あるるかん」一六号　二〇〇三年／平成一五年三月
父よ	「あるるかん」三〇号　二〇一四年／平成二六年八月
宇宙の歴史	「あるるかん」二八号　二〇一二年／平成二四年六月

思いは伝わらない　「あるるかん」三〇号　二〇一四年／平成二六年八月
結婚する　未発表
空　未発表
未来の人へ　「あるるかん」二九号　二〇一三年／平成二五年六月（一部改題）
海　未発表
花　未発表
いつか会える　「あるるかん」三〇号　二〇一四年／平成二六年八月
約束した言葉　「あるるかん」三〇号　二〇一四年／平成二六年八月
海馬　「あるるかん」二三号　二〇〇八年／平成二〇年五月
夜の訪問者　「あるるかん」二二号　二〇〇七年／平成一九年五月

記憶の推敲

二〇一五年八月三一日　発行

著　者　本村　俊弘

発行者　知念　明子

発行所　七　月　堂

〒一五六―〇〇四三　東京都世田谷区松原二―二六―六
電　話　〇三―三三二五―五七一七
ＦＡＸ　〇三―三三二五―五七三一

製本所　井　関　製　本

Printed in Japan
ISBN 978-4-87944-239-0 C0092